Patricia Polacco

Gracias, Sr. Falker

Traducción de Teresa Mlawer

PATRICIA POLACCO

Gracias, Sr. Falker

LECTORUM
PUBLICATIONS INC.

GRACIAS, SEÑOR FALKER
Spanish translation copyright © 2001 by Lectorum Publications, Inc.
First published in the United States under the title
THANK YOU, MR. FALKER
Copyright © 1998 by Patricia Polacco
Published by arrangement with Philomel Books, an imprint of Penguin
Putnam Books for Young Readers, a division of Penguin Putnam Inc.

Library of Congress Cataloging-in-Publication Data

Polacco, Patricia. [Thank you, Mr. Falker. Spanish]
Gracias, Señor Falker / Patricia Polacco; traducido por Teresa Mlawer.
    p. cm.
Summary: At first, Trisha loves school, but her difficulty learning to read
makes her feel dumb, until, in the fifth grade, a new teacher
helps her understand and overcome her problem.
[1. Reading—Fiction. 2. Teachers—Fiction.
3. Self-perception—Fiction. 4. Spanish language materials.]
I. Mlawer, Teresa. II Title.
PZ73 .P538 2001   [E]—dc21   2001029606
                    ISBN 978-1-933032-02-3 (pb)
Printed in Malaysia   10 9 8 7 6 5 4   (pb)

A George Felker, el verdadero Sr. Falker.

Usted siempre será mi héroe.

El abuelo levantó el frasco de miel para que lo pudiera ver toda la familia.
Entonces introdujo un cucharón en el frasco y dejó caer un poco de miel sobre
la cubierta de un pequeño libro.

La niña acababa de cumplir cinco años.

—Levántate, pequeña —le dijo con afecto—. Hace años hice lo mismo con tu
mamá, tus tíos y tu hermano mayor, y ahora lo hago contigo.

Le puso el libro en las manos y le dijo:

—¡Prueba!

Trisha introdujo el dedo en la miel y se lo llevó a la boca.

—¿Qué sabor tiene? —le preguntó la abuela.

—¡Dulce! —contestó la niña.

Entonces toda la familia dijo a coro:

—Sí, la miel es dulce y el saber también, pero el saber es como la abeja que
produce la miel; ¡tienes que encontrarlo en las páginas de un libro!

La niña comprendió entonces que la promesa de leer era ahora suya.
Muy pronto aprendería a leer

Trisha, la pequeña de la familia, creció amando los libros. Su mamá, que era maestra, le leía todas las noches. Su hermano pelirrojo traía a casa los libros de la escuela y los compartía con ella. Y, cada vez que visitaba la granja de la familia, su abuela o su abuelo le leían junto a la chimenea de piedra.

Cuando cumplió cinco años y empezó a ir a la escuela, lo que más deseaba era aprender a leer. Cada día, al otro lado del pasillo, veía a los niños de primer grado que leían, y antes de terminar el curso, algunos de los niños de su clase también aprendieron a leer. Pero Trisha no.

Aun así, le encantaba ir a la escuela porque allí podía dibujar. Los otros niños la rodeaban y observaban cómo hacía magia con los lápices de colores.

—Aprenderás a leer en primer grado —le aseguró su hermano.

En el primer grado, Trisha se sentaba en círculo con los otros niños de su clase. Todos utilizaban *Nuestro barrio*, el primer libro de lectura, y trataban de articular sonidos y palabras: *Mi mamá. Mi papá. Amo a mi mamá.*

La maestra sonreía cuando los niños lograban unir los sonidos y podían leer la palabra. Pero cuando Trisha miraba la página, lo único que veía eran garabatos, y cuando leía en voz alta, los niños se burlaban de ella.

—Trisha, ¿de dónde sacas eso? —le decían con burla.

—¡De mi libro! —les contestaba bruscamente.

Entonces, la maestra llamaba a otro niño. Cada vez que le tocaba leer a ella, la maestra tenía que ayudarla en todas las palabras. Con el tiempo, los demás niños pasaron al segundo y al tercer libro de lectura, pero ella se quedó en *Nuestro barrio*.

Trisha empezó a sentirse "diferente". Incluso tonta.

Cuanto más difícil le resultaba la lectura, más tiempo pasaba dibujando —¡le encantaba dibujar!— o simplemente sentada soñando. O, cuando podía, salía a pasear con su abuela.

Un día de verano, su abuela y ella caminaban juntas por el pequeño bosque que había detrás de la granja. Atardecía. El aire era dulce y cálido y las luciérnagas revoloteaban por encima de la hierba.

De repente, Trisha preguntó:

—Abuela, ¿tú crees que soy diferente?

—Desde luego —le contestó su abuela—. Ser diferente es el milagro de la vida. ¿Ves esas luciérnagas? Cada una es diferente de las demás.

—¿Crees que soy inteligente?

Trisha estaba segura de que no lo era. La abuela la abrazó y le contestó:

—Eres la criaturita más inteligente, viva y adorable que existe.

En ese momento, Trisha se sintió feliz y segura en los brazos de su abuela. Leer no era ya tan importante.

La abuela de Trisha solía decir que las estrellas eran agujeros en el cielo, por donde entraba la luz que venía del otro lado. Le contó que algún día ella estaría al otro lado de donde provenía la luz.

Una noche, tumbadas sobre la hierba, se pusieron a contar las estrellas del cielo.

—¿Sabes?, todos hemos de ir allá algún día. Debes agarrarte bien a la hierba o podrías salir volando y, antes de que te dieras cuenta, llegarías allá arriba —le dijo la abuela.

Se echaron a reír y ambas se agarraron firmemente a la hierba.

Pero poco tiempo después, su abuela debió de soltar la hierba, porque se fue allá, al otro lado, donde brillan las luces. Y algo más tarde, el abuelo de Trisha debió de soltar la hierba también.

Desde entonces la escuela se le hacía más y más difícil.

La lectura era un verdadero martirio. Cada vez que a Sue Ellen o a Tommy Bob les tocaba leer, lo hacían con tanta facilidad que Trisha fijaba la vista en sus cabezas tratando de ver si en ellas había algo que faltaba en la suya.

Los números le parecían lo más difícil de todo. Nunca conseguía dar la respuesta correcta.

—Pon los números en columna antes de sumarlos —le decía la maestra.

Trisha lo intentaba, pero aquello parecía una torre a punto de desplomarse. Estaba convencida de que era tonta.

Un día, su mamá les anunció que había conseguido una plaza de maestra en California. ¡Muy lejos de la granja de los abuelos, en Michigan!

Aunque sus abuelos ya no estaban, Trisha no quería mudarse. Sin embargo, quizá los maestros y los niños de la nueva escuela no sabrían lo tonta que ella era.

Trisha, su mamá y su hermano recorrieron el país de un lado a otro en un Plymouth del año 1949. Tardaron cinco días.

Pero en la nueva escuela todo siguió siendo igual. Cada vez que le tocaba leer, tartamudeaba: "El ga... ga... gato... co... co... rr... rrió". ¡Estaba en tercero y leía como una niña pequeña!

Y cuando la maestra leía en voz alta y le preguntaba algo, ella siempre se equivocaba.

—¡Oye, tú, tonta! —le gritó un niño en el patio de recreo—, ¿por qué eres tan torpe? Otros chicos que estaban cerca, se echaron a reír.

Trisha sentía las lágrimas quemándole los ojos. Cómo deseaba regresar a la granja de sus abuelos en Michigan.

Ahora Trisha no quería ir al colegio.

"Me duele la garganta" —le decía a su mamá—, o "me duele el estómago".
A menudo, soñaba despierta, dibujaba todo el tiempo y odiaba la escuela
cada vez más.

Cuando Trisha comenzó el quinto grado, todos en la escuela hablaban
del nuevo maestro. Era alto y elegante. A todos les gustaba su chaqueta
de rayas y sus pantalones de color gris.

Los que siempre adulaban a los maestros —Stevie Joe, Alice Marie, David
y Michael Lee—, lo rodeaban. Pero desde el principio se vio claro que al
Sr. Falker no le importaba si los niños eran simpáticos, inteligentes o si
sobresalían en alguna materia. Para él todos eran iguales.

El Sr. Falker se paraba detrás de Trisha cada vez que ella dibujaba y le decía:

—Brillante…, absolutamente brillante. ¿Te das cuenta del talento que tienes?

Cada vez que el maestro decía eso, todos los niños, incluso los que se burlaban de ella, se daban la vuelta en sus asientos para ver los dibujos de Trisha. Sin embargo, seguían riéndose de ella cuando daba una respuesta incorrecta.

Un día, el maestro le pidió que leyera en voz alta, cosa que ella odiaba. A duras penas leyó una página de *Las telarañas de Carlota*, y cuando los niños comenzaron a burlarse de ella, la página del libro se volvió borrosa.

El Sr. Falker, con su chaqueta de cuadros y su corbata de mariposas, dijo:

—¡Basta ya! ¿Acaso se creen ustedes tan perfectos que se atreven a criticar a los demás?

Esa fue la última vez que alguien se rió o se burló de ella. Bueno, todos, menos Eric. Durante dos años se había sentado detrás de Trisha y parecía que la odiaba. Trisha no sabía por qué.

La esperaba a la salida de clase y le tiraba del pelo. La esperaba en el patio de recreo, se le acercaba y le gritaba "¡Sapo!" en plena cara.

Trisha tenía miedo de encontrarse con Eric a la vuelta de cada esquina. Se sentía sola por completo.

Únicamente era feliz cuando estaba cerca del Sr. Falker. Él dejaba que ella borrara la pizarra —sólo los mejores estudiantes podían hacerlo. Le daba una palmadita en la espalda cada vez que contestaba correctamente, y se quedaba mirando fijamente a cualquier niño que se burlara de ella.

Cuanto más agradable era el Sr. Falker con Trisha, peor la trataba Eric. Convenció a otros niños para esperarla en el patio de recreo, en la cafetería o incluso a la salida del baño. Entonces le salían al paso y le gritaban: "¡Tonta! ¡Fea!"

Y Trisha comenzó a creérselo.

Descubrió que si pedía permiso para ir al baño antes del recreo, podía esconderse debajo de las escaleras sin necesidad de salir afuera. En ese lugar oscuro se sentía segura.

Pero un día, durante el recreo, Eric la siguió hasta su escondite secreto.

—¿Te has convertido en topo? —le dijo, burlándose.

La arrastró hasta el pasillo y se puso a dar vueltas alrededor de ella.

—¡Tonta, más que tonta!

Trisha se cubrió la cabeza con los brazos, tratando de esconderse. De repente, oyó unos pasos. Era el Sr. Falker.

El Sr. Falker llevó a Eric a la oficina del director. Cuando regresó, buscó a Trisha.

—No creo que tengas que preocuparte más por ese chico —le dijo—. ¿Por qué se burlaba de ti?

—No sé —contestó Trisha, encogiéndose de hombros.

Trisha estaba segura de que el Sr. Falker creía que ella sabía leer. Había aprendido a memorizar lo que leía el compañero de al lado. A veces, esperaba a que el Sr. Falker le ayudara con una frase y ella repetía lo mismo.

—¡Muy bien! —decía él.

Un día, el Sr. Falker le pidió que se quedara después de clase y lo ayudara a borrar la pizarra. El Sr. Falker puso música, trajo algunos sándwiches y mientras trabajaban le dijo:

—¡Vamos a hacer un juego! Yo nombro letras y tú las escribes en la pizarra con la esponja mojada lo más rápido que puedas.

—A —gritó él.

Ella dibujó una A chorreando.

—Ocho —gritó él.

Ella hizo un 8 chorreando.

—Catorce...Tres... D... U... C —gritó él. Y así sin parar, hasta que se colocó al lado de ella y juntos se quedaron mirando la pizarra.

Era un auténtico borrón de agua. Trisha sabía que ni las letras ni los números eran como debían ser. Dejó caer la esponja y trató de salir corriendo.

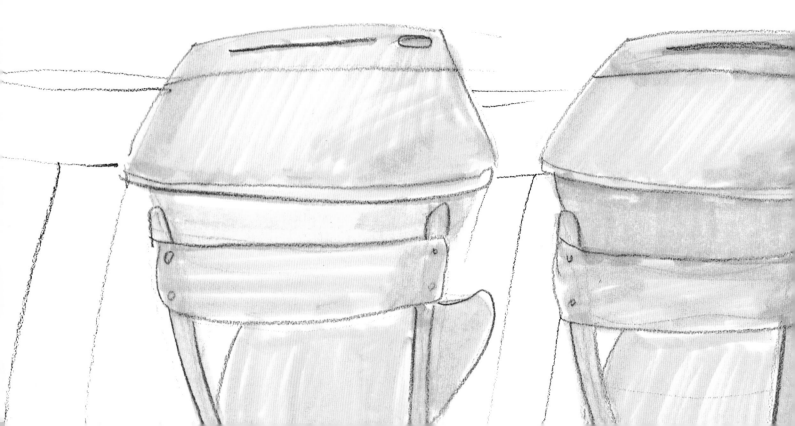

El Sr. Falker la sujetó por el brazo y se arrodilló frente a ella.

—Mi niña —dijo—, crees que eres tonta, ¿verdad? Debe de ser muy triste sentirse tan sola y tener tanto miedo.

Trisha comenzó a llorar.

—Pero, pequeña, ¿no te das cuenta de que tú no ves las letras y los números como las demás personas? Has estado en la escuela todos estos años y has conseguido despistar a muchos buenos maestros. Eso requiere astucia, inteligencia y coraje.

Entonces se puso de pie y terminó de limpiar la pizarra.

—Todo esto va a cambiar. Aprenderás a leer. Te lo prometo.

A partir de entonces, cada día, después de clase, se reunía con el Sr. Falker y con la Srta. Plessy, una especialista en lectura. Hacían muchas cosas que ella no entendía. Al principio le pedían que hiciera círculos en la pizarra con la esponja mojada, de izquierda a derecha.

En otra ocasión proyectaron letras en una pantalla y Trisha tenía que reconocerlas. Otros días trabajaba con bloques de madera y formaba palabras. Letras, letras, letras. Palabras, palabras, palabras. Siempre las leía en voz alta, y eso la hacía sentirse bien.

Pero, aunque ahora podía leer palabras, todavía no había leído una frase completa y aún se sentía tonta.

Y un día de primavera —¿habrían pasado tres o cuatro meses desde que comenzaron?—, el Sr. Falker puso un libro en sus manos. Nunca antes lo había visto. El Sr. Falker señaló un párrafo en medio de una página.

Como por arte de magia o como si una luz hubiese penetrado en su cerebro, las palabras y las frases tomaron forma en la página como nunca antes le había ocurrido: "Ella... los acompañó... en su..." Despacio, leyó la frase completa y, finalmente, comprendió su significado.

No se percató de que el Sr. Falker y la Srta. Plessy tenían lágrimas en los ojos.

Esa noche, Trisha corrió a casa sin detenerse casi ni a respirar. Saltó los escalones, abrió la puerta de golpe y atravesó el comedor hasta llegar a la cocina. Se encaramó a la alacena y agarró el frasco de miel.

Luego fue a la sala y encontró el libro en la estantería, el mismo libro que su abuelo le había enseñado años atrás. Derramó miel en la cubierta, probó su dulzura y se dijo a sí misma: "¡La miel es dulce y el saber también, pero el saber es como la abeja que produce la miel; tienes que encontrarlo en las páginas de un libro!".

Entonces acercó el libro, con miel y todo, a su pecho. Las lágrimas corrían por sus mejillas, pero no eran lágrimas de tristeza: se sentía feliz, completamente feliz.

El resto del año fue una odisea de descubrimientos y aventuras para esta niña. Aprendió a amar la escuela. Lo sé porque esa pequeña niña era yo, Patricia Polacco.

Vi al Sr. Falker otra vez, treinta años más tarde, en una boda. Fui a su encuentro y me presenté. Al principio tuvo un poco de dificultad en reconocerme. Entonces le expliqué quién era yo y cómo él había cambiado mi vida años atrás.

Me abrazó y me preguntó qué hacía.

—Bueno, Sr. Falker —le contesté—, hago libros para niños... Gracias, Sr. Falker. Muchas gracias.